Les Misérables

FichesdeLecture.com

Les Misérables
(Fiche de lecture)

I. INTRODUCTION

Le roman *Les Misérables* paraît pour la première fois en 1862. Il esquisse en cinq tomes le portrait de la France du XIXe siècle et de ses injustices sociales. Victor Hugo nous fait suivre, pas à pas, la vie du bagnard Jean Valjean. Roman à multiples facettes (sociale, philosophique, historique et littéraire), *Les Misérables* est une œuvre à la postérité incroyable : cinéma, comédies musicales, références populaires... L'écrivain lui-même avait pressenti ce succès, puisqu'il écrit en mars de l'année de la parution à son éditeur : « *Ma conviction est que ce livre sera un des principaux sommets, sinon le principal, de mon œuvre* »>. L'œuvre s'articule autour de cinq tomes : Fantine, Cosette, Marius, L'idylle rue Plumet et l'épopée Rue Saint-Denis, et enfin Jean Valjean.

II. RÉSUMÉ DE L'OEUVRE

Le forçat Jean Valjean est libéré d'une prison française après avoir purgé une peine de dix-neuf ans pour le vol d'une miche de pain et plusieurs tentatives d'évasion. Lorsqu'il arrive dans la ville de Digne, personne n'est disposé à lui donner refuge parce qu'il est un ex-condamné. Désespéré, Valjean frappe à la porte de M.Myriel, l'évêque de Digne, qui le traite avec gentillesse. Mais Valjean vole son argenterie. Lorsque la police l'arrête, Myriel le couvre en affirmant qu'il s'agissait d'un cadeau. Les autorités relâchent l'ancien forçat et Myriel lui fait promettre de devenir un honnête homme. Soucieux de tenir sa promesse, Valjean dissimule son identité et parvient à Montreuil-surmer. Sous le nom de Madeline, il met au point un ingénieux procédé de fabrication qui apporte la prospérité à la ville, et devient finalement maire de la cité.

Fantine, une jeune femme de Montreuil, habite à Paris. Elle tombe amoureuse de Tholomyès, un riche étudiant qui la met enceinte et l'abandonne. Fantine retourne dans son village natal avec sa fille, Cosette. Sur la route de Montreuil, cependant, elle se rend compte qu'elle ne pourra jamais retrouver du capable si les habitants découvrent qu'elle a eu un enfant illégitime. À Montreuil, elle rencontre les Thénardier, une famille tenancière d'une auberge locale. Ceux-ci acceptent de s'occuper de Cosette tant que Fantine enverra une allocation mensuelle.

À Montreuil, Fantine trouve du travail dans l'usine de Madeline. Mais ses collègues découvrent l'existence de Cosette et elle est renvoyée. Les Thénardier demandent toujours plus d'argent pour s'occuper de Cosette, et Fantine doit se prostituer pour joindre les deux bouts. Une nuit, Javert, le chef de la police, arrête Fantine. Elle est sur le point d'être envoyée en prison lorsqu'intervient Madeleine. Fantine est tombée malade, et lorsqu'elle aspire à voir Cosette, Madeleine promet de s'en occuper. Toutefois, il doit d'abord composer avec Javert, qui a découvert son passé criminel. Javert lui raconte qu'un homme a été accusé d'être Jean Valjean, et Madeleine avoue donc sa véritable identité. Il est arrêté au chevet de Fantine, qui meurt sous le choc.

Après quelques années, Valjean s'échappe de prison et se dirige vers Montfermeil, où il parvient à acheter Cosette aux Thénardier. Ceux-ci sont en fait une famille de fripouilles qui abusent de l'enfant tout en gâtant leurs propres filles, Eponine et Azelma. Valjean et Cosette déménagent à Paris, dans un quartier délabré. Javert découvre leur cachette et ils sont obligés de fuir. Ils trouvent refuge dans un couvent, où Cosette va à l'école et Valjean travaille comme jardinier.

Marius Pontmercy est un jeune homme vivant avec son riche grand-père, M. Gillenormand. En raison de divergences politiques au sein de sa famille, Marius n'a jamais rencontré son père, Georges Pontmercy. Après la mort de ce dernier, cependant, Marius en apprend plus sur lui et en vient à admirer ses positions démocratiques. En colère contre son grand-père, Marius quitte sa maison et mène une existence de pauvre étudiant en droit. Pendant ses études, il se rapproche d'un groupe d'étudiants radicaux, les Amis de l'ABC, menés par le charismatique Enjolras. Un jour, Marius aperçoit Cosette dans un parc. Le coup de foudre est instantané, mais Valjean est protecteur et fait tout son possible pour les empêcher de se revoir. Leurs chemins se croisent à nouveau, cependant, un jour où Valjean effectue une visite de charité chez les voisins de Marius, les Jondrette. Il s'agit en fait des Thénardier, qui ont perdu leur auberge et déménagé à Paris sous un faux nom. Après le départ de Valjean, Thénardier annonce un plan pour le voler lorsqu'il reviendra. Alarmé, Marius alerte l'inspecteur de la police locale, qui se trouve être Javert. L'embuscade est déjouée et les Thénardier arrêtés, mais Valjean doit fuir avant que Javert ne le reconnaisse.

L'une des filles de Thénardier, Eponine, est amoureuse de Marius et l'aide à trouver l'endroit où se situe Cosette. Marius peut enfin prendre contact avec elle, et ils se déclarent leur amour mutuel. Valjean, toutefois, brise leur bonheur rapidement. Inquiet à l'idée de perdre Cosette et perturbé par les troubles politiques dans la ville, il annonce qu'ils vont partir vers l'Angleterre. Fou de désespoir, Marius court chez son grand-père pour lui demander l'autorisation d'épouser Cosette. Mais leur discussion tourne à la dispute. Lorsque Marius revient, Cosette et Valjean ont déjà disparu. Le cœur brisé, Marius décide de rejoindre ses amis étudiants radicaux, qui ont déclenché une insurrection politique. Armé de deux pistolets, Marius se dirige vers les barricades.

Le soulèvement semble condamné, mais Marius et ses camarades tiennent encore leur position et font le vœu de se battre pour la liberté et la démocratie. Les étudiants découvrent Javert dans leurs rangs et, comprenant qu'il s'agit d'un espion, Enjolras l'attache. Alors que l'armée lance sa première attaque contre les étudiants, Eponine se jette devant un fusil pour sauver la vie de Marius. Elle meurt dans ses bras en lui remettant une lettre de Cosette. Marius griffonne rapidement une réponse et ordonne à un jeune garçon, Gavroche, de la délivrer à Cosette.

Valjean parvient à intercepter la note et entreprend de sauver la vie de l'homme que sa fille aime. Il arrive au niveau des barricades et se porte volontaire pour exécuter Javert. Une fois seul avec lui, cependant, il le laisse secrètement partir. Alors que l'armée prend d'assaut la barricade, Valjean saisit Marius, blessé, et s'enfuit à travers les égouts. Quand il ressort quelques heures plus tard, Javert l'arrête immédiatement. Valjean l'implore de le laisser emmener Marius mourant auprès de son grand-père. Javert accepte et se sent tourmenté, déchiré entre son devoir envers sa profession et la dette qu'il doit à Valjean pour lui avoir sauvé la vie. En fin de compte, Javert laisse Valjean partir et se jette dans la Seine, où il se noie.

Marius se rétablit complètement et se réconcilie avec Gillenormand, qui consent à son mariage avec Cosette. Leur union est heureuse, marquée seulement par les révélations de Valjean sur son passé criminel.

Alarmé par cette révélation et ignorant le fait que Valjean lui a sauvé la vie, Marius essaie d'empêcher Cosette d'avoir des contacts avec Valjean. Seul et déprimé, Valjean attend la mort dans son lit.

Marius découvre finalement comment sa vie a été sauvée. Honteux de ne pas avoir fait confiance à Valjean, il avoue tout à Cosette et tous deux se dépêchent de se rendre au chevet de Valjean, juste à temps pour une réconciliation finale. Heureux d'avoir retrouvé sa fille adoptive, Valjean décède en paix.

III. ANALYSE DES PROTAGONISTES

Jean Valjean

Jean Valjean est au centre des Misérables et devient un personnage expérimental pour Hugo et ses théories sur la puissance rédemptrice de la compassion et de l'amour. Valjean entre en prison en tant qu'homme simple et décent, mais son séjour a apparemment des effets irréversibles sur lui, et il en ressort endurci et avec une haine profonde envers la société pour ce qu'elle lui a fait subir. Au moment de sa rencontre avec M. Myriel, il est tellement habitué à être un paria social qu'il cherche presque les abus, traitant même la gentillesse de l'évêque avec mépris et haine. Myriel, cependant, s'avère être la première personne depuis des décennies à traiter Valjean avec amour et respect. Cette rencontre va changer Valjean pour toujours, puisqu'il lui fait la promesse de devenir un honnête homme.

Une fois que Valjean a ouvert son cœur, il de vient un témoignage vivant de la puissance rédemptrice de l'amour et de la compassion. Son dur labeur et sa nouvelle vision transforment la ville en déclin de Montreuil-sur-Mer en centre de production en plein essor, ce qui en retour enseigne à Valjean la valeur de la philanthropie. En prenant soin de Cosette, il apprend à aimer une autre personne et comment transmettre cet amour aux autres. Il est exceptionnel de par sa force physique, sa volonté de découvrir ce qui est bon, et son sérieux, ce qui fait de lui le héros du roman et l'ami de nombre de personnes qui se trouvent en danger. Endurci par la prison puis sauvé par la gentillesse de M. Myriel, Valjean est en quelque sorte une page blanche, prête à être complétée par les rencontres et les circonstances. Cette capacité à changer fait de lui un symbole universel d'espoir, car si après autant d'injustice, il parvient à découvrir l'amour et la charité, alors tout le monde le peut.

Cosette

Cosette, comme Valjean, grandit dans une atmosphère de pauvreté et de peur, mais elle est sauvée avant que son innocence ne cède la place à un cynisme désabusé. Même si elle passe un certain nombre d'années dans la famille tyrannique des Thénardier, elle n'adopte jamais leurs vues cruelles, ce qui indique qu'elle a en elle la décence et la bonté qui leur fait défaut. Dès l'instant où Valjean prend en charge son éducation, elle passe rapidement d'une enfant sale et malheureuse à une jeune femme bien éduquée et charmante. Pour Victor Hugo, cette transformation est si naturelle qu'il ne prend pas la peine d'en décrire les étapes et fait un bond de plusieurs années dans la narration. Ben qu'obéissante et très fidèle à son père adoptif, Cosette a également sa propre personnalité, qui la pousse dès l'adolescence à vouloir une vie moins protégée. Du coup, à cette période, le rôle de Valjean évolue temporairement et passe du sauveur au geôlier. Cependant, la capacité de Cosette à profondément aimer Marius est due en grande partie à Valjean, qui lui a enseigné la confiance et l'amour. En fin de compte, Cosette reste fidèle à son éducation, et son amour pour Marius devient sa façon d'appliquer à sa propre vie ce qu'elle a appris de Valjean.

Javert

Javert est tellement obsédé par l'application des lois de la société et de la morale qu'il ne se rend pas compte qu'il vit selon des critères erronés. C'est un défaut assez ironique et tragique chez un homme qui croit si fermement que ce qu'il fait appliquer est juste. Bien que doté d'un caractère inflexible et sévère qui nous empêche de le trouver sympathique, il vit dans la honte de savoir que sa propre éducation n'a pas été si éloignée de la situation des hommes qu'il poursuit. Il passe sa vie à essayer d'effacer cette honte par son engagement si strict à faire respecter la loi.

Le vrai défaut de Javert, en réalité, est de ne jamais s'arrêter un instant pour se demander si les lois elles-mêmes sont justes. Dans son esprit, un homme est coupable si la loi l'a déclaré ainsi.

Quand Valjean fournit enfin à Javert la preuve irréfutable qu'un homme n'est pas forcément mauvais juste parce que les institutions en ont décidé ainsi, Javert est incapable de concilier ce nouvel aspect avec ses propres convictions. Il se suicide, en proie à la pensée que sa vie a peut-être été déshonorante. Fidèle à lui-même, il prend cette décision loin de toute émotion hystérique, mais avec une froide détermination. Bien qu'il soit un homme de logique, il est passionné par son travail. À cette fin, Hugo utilise souvent l'imagerie animale pour décrire Javert, notamment lorsqu'il le compare à un tigre. En fin de compte, il est difficile de ressentir autre chose que de la pitié pour lui, car il assume son devoir avec une brutalité qui le rapproche plus de l'animal que de l'homme.

Marius Pontmercy

À la différence des autres personnages importants du roman, Marius grandit dans une bonne maison, bien loin des soucis financiers. Néanmoins, sa famille a été divisée par la politique, et il ne parvient pas à se construire complètement avant d'avoir développé ses propres opinions. Il est déchiré entre ses loyautés envers son père, Georges Pontmercy, colonel dans l'armée napoléonienne, et son grand-père farouchement monarchiste, M.Gillenormand, qui l'a élevé. Les divergences politiques entre ces deux modèles menacent de détruire l'identité de Marius, notamment lorsqu'il apprend que son grand-père l'a éloigné de son père de peur qu'il ne soit tenté par les opinions libérales de ce dernier. En colère et perdu, Marius adopte les convictions de son père, mais il devient rapidement évident qu'il a seulement besoin d'un idéalisme qui soit le sien. C'est en quittant la maison de Gillenormand qu'il se trouve et tombe amoureux pour la première fois
Marius est plus naïf que les autres personnages du roman et bien que cette innocence l'empêche de devenir cruel ou cynique, elle l'aveugle parfois sur les problèmes des autres. Ce manque de perception devient évident dans le traitement qu'il réserve à Eponine, et devient particulièrement repoussant lorsqu'il jette Valjean hors de sa maison. Au final, Marius est quelqu'un de bon, mais son incapacité à percevoir les besoins ou sentiments des autres le rend parfois involontairement malveillant.

Fantine

Bien que tous les malheurs de Fantine soient causés par la brutalité ou la cupidité des autres, la société la tient toujours pour responsable de ce qui lui arrive. En ce sens, elle incarne la vision d'Hugo qui estime que la société française exige le plus de ceux à qui elle donne le moins. Fantine est une pauvre jeune fille issue de la classe ouvrière de Montreuil-sur-mer, une orpheline qui n'a presque pas eu d'éducation et ne sait ni lire ni écrire. Fantine est inévitablement trahie par les personnes en qui elle a confiance : Tholomyès qui la met enceinte puis disparaît ; les Thénardier qui prennent Cosette puis lui extorquent de l'argent ; et ses collègues ouvriers qui la dénoncent pour indécence.

Dans ses descriptions de la vie et de la mort de Fantine, Hugo met en avant l'attitude injuste de la société envers les femmes et les pauvres. Ainsi, sa présentation de Fantine établit une distinction entre les travailleurs pauvres et honnêtes et l'opportunisme de la classe sociale des Thénardier. Il laisse ainsi entendre que la pauvreté n'est pas forcément synonyme d'indécence, et condamne ce système qui écrase les plus honnêtes des travailleurs dans le besoin.

IV. AXES DE LECTURE DE L'ŒUVRE

L'importance de l'amour et de la compassion

Dans *Les Misérables*, Victor Hugo affirme que l'amour et la compassion sont les dons les plus importants qu'une personne puisse faire à une autre et présente toujours ces qualités comme l'objectif le plus important dans la vie. La transformation de Valjean d'un criminel haineux et endurci en philanthrope respecté incarne bien la volonté de l'auteur d'insister sur l'amour, car c'est seulement en apprenant à aimer les autres que Valjean parvient à s'améliorer lui-même. Alors que ses efforts envers autrui lui causent inévitablement des problèmes, ils lui donnent aussi un sentiment de bonheur et d'accomplissement qu'il n'a jamais ressenti auparavant. Son amour des autres, en particulier pour Causette, est ce qui lui permet de traverser les situations les plus désespérées.

Victor Hugo montre aussi clairement qu'aimer son prochain, bien que cela soit difficile, n'est pas toujours une tâche ingrate, et il utilise Valjean et Fauchelevent pour montrer que l'amour engendre l'amour, et que la compassion engendre la compassion. Valjean sauve Fauchelevent, et ce dernier lui offre un refuge en remerciement des années plus tard, dans le couvent de Petit-Picpus.

Dans le roman donc, l'amour et la compassion sont presque, pourrait-on dire, des virus qui se transmettent de personne à personne. Après que Monsieur Myriel ait transformé Valjean en lui faisant confiance et en étant attentif à lui, Valjean, à son tour, est en mesure de donner cette compassion à Cosette, en la sauvant de la cruauté et de la corruption des Thénardier. L'amour de Cosette est ensuite comblé par son mariage avec Marius, et leur amour l'un envers l'autre les mène à pardonner à Valjean et à son passé criminel.

L'injustice sociale dans la France du XIXe siècle

Hugo utilise son roman pour condamner l'injustice de classes qui règne au sein de la société française du XIXe siècle. Il montre à maintes reprises comment la structure de cette société transforme des personnes innocentes en mendiants et en criminels. L'auteur met particulièrement l'accent sur trois domaines à réformer : l'éducation, la justice pénale et le traitement réservé aux femmes.

Il transmet la majeure partie de son message à travers le personnage de Fantine, un symbole de jeune femme pleine de bonté mais appauvrie et poussée au désespoir et à la mort par une société cruelle envers elle. Après avoir été abandonnée par son amant aristocrate, sa réputation est souillée de façon indélébile par le fait qu'elle ait un enfant illégitime. Ses efforts pour le cacher sont ruinés par son manque d'éducation. L'écrivain à qui elle dicte ses lettres révèle son secret à toute la ville.

De façon ironique, c'est le fait d'être dénoncée à tort pour immoralité qui la force à avoir recours à la prostitution. À travers le personnage de Fantine, donc, Hugo met en lumière l'hypocrisie d'une société qui échoue à éduquer les filles et ostracise ses femmes, tout en encourageant le comportement d'hommes tels que Tholomyès.

Hugo porte un regard encore plus critique sur l'application des lois. Le personnage de Valjean révèle à quel point le système pénal français fait d'un simple voleur de pain un véritable criminel. Les dixneuf années d'emprisonnement de Valjean ont pour effet de le rendre sournois et vicieux, ce qui renforce le contraste avec la bonté de M.Myriel, l'évêque qui parvient à remettre Jean Valjean sur le bon chemin, presque du jour au lendemain. Un autre contraste avec la situation désespérée de Valjean est la manière sélective qu'a la police parisienne de gérer la criminalité de Patron-Minette. Au contraire de Valjean, Patron-Minette et ses associés sont de vrais criminels qui volent et tuent à grande échelle, mais qui ne sont condamnés qu'à de petites peines dans des prisons dont il est facile de s'évader. La société présentée dans le roman est par conséquent une société qui tolère unejustice plus que maladroite, qui sanctionne peine le pire des criminels mais détruit la vie de personnes qui commettent des infractions mineures.

Les effets de la Révolution française

Les Misérables montrent l'impact social des nombreuses révolutions, insurrections et exécutions qui ont eu lieu à la fin du XVIIIe siècle et au début du XIXe siècle en France. En décrivant l'ascension et la chute de Napoléon, la restauration et le déclin des Bourbons, Victor Hugo nous donne une idée de l'incertitude permanente que les évènements politiques imposent dans la vie quotidienne.

Bien que l'auteur défende des idées républicaines contre la monarchie, il critique les régimes qui se sont succédé depuis la Révolution française de 1789, car ces régimes se sont montrés incapables de résoudre les problèmes d'injustice sociale ou d'éliminer le système de classes encore très prégnant lorsqu'il écrit.

Par exemple, il décrit la bataille de Waterloo en termes élogieux, mais nous rappelle qu'à la fin de cette glorieuse bataille, les anciens fléaux de la société, comme les pilleurs de tombes, demeurent.

De même, la bataille au niveau de la barricade est à la fois héroïque et futile : quelques soldats sont tués, mais les insurgés sont abattus sans avoir obtenu quoi que ce soit.

La révolution que défend Hugo est une révolution morale, dans laquelle l'ancien système de cupidité et de corruption est remplacé par la compassion. Et bien que Napoléon et les étudiants de la barricade se rapprochent plus de cette idée que la monarchie, ce ne sont pas des valeurs pouvant être imposées par la violence. En effet, Hugo montre que Napoléon et les étudiants tombent aussi facilement que la monarchie...

Dans la même collection en numérique

Escadrille 80

Inconnu à cette adresse

La controverse de Valladolid

Les Vilains petits canards

Une partie de campagne

Cahier d'un retour au pays natal

Dora Bruder

L'Enfant et la rivière

Moderato Cantabile

Alice au pays des merveilles

Le faucon déniché

Une vie

Chronique des Indiens Guayaki

Je voudrais que quelqu'un m'attende quelque part

La nuit de Valognes

Œdipe

Disparition Programmée

Education européenne

L'auberge rouge

L'Illiade

Le voyage de Monsieur Perrichon

Lucrèce Borgia

Paul et Virginie

Ursule Mirouët

Discours sur les fondements de l'inégalité

L'adversaire

La petite Fadette

La prochaine fois

Le blé en herbe

Le Mystère de la Chambre Jaune

Les Hauts des Hurlevent

Les perses

Mondo et autres histoires

Vingt mille lieues sous les mers

99 francs

Arria Marcella

Chante Luna

Emile, ou de l'éducation
Histoires extraordinaires
L'homme invisible
La bibliothécaire
La cicatrice
La croix des pauvres
La fille du capitaine
Le Crime de l'Orient-Express
Le Faucon malté
Le hussard sur le toit
Le Livre dont vous êtes la victime
Les cinq écus de Bretagne
No pasarán, le jeu
Quand j'avais cinq ans je m'ai tué
Si tu veux être mon amie
Tristan et Iseult
Une bouteille dans la mer de Gaza
Cent ans de solitude
Contes à l'envers
Contes et nouvelles en vers
Dalva
Jean de Florette
L'homme qui voulait être heureux
L'île mystérieuse
La Dame aux camélias
La petite sirène
La planète des singes
La Religieuse

À propos de la collection

La série FichesdeLecture.com offre des contenus éducatifs aux étudiants et aux professeurs tels que : des résumés, des analyses littéraires, des questionnaires et des commentaires sur la littérature moderne et classique. Nos documents sont prévus comme des compléments à la lecture des oeuvres originales et aide les étudiants à comprendre la littérature.

Fondé en 2001, notre site FichesdeLectures.com s'est développé très rapidement et propose désormais plus de 2500 documents directement téléchargeables en ligne, devenant ainsi le premier site d'analyses littéraires en ligne de langue française.

FichesdeLecture est partenaire du Ministère de l'Education du Luxembourg depuis 2009.

Plus d'informations sur www.fichesdelecture.com

ISBN: 978-2-511-02931-2

Notes :